- CRÉ PÉTARD, 'PA ! T'AS OUBLIÉ T' BARETTE ! -

JULES MOUSSERON

POETE MINEUR 1868 - 1943

Le 1er Janvier 1868, naît Jules Mousseron dans le "coron plat" à Denain. Douze ans et un jour plus tard, Jules descend au fond de la fosse Renard pour la première fois. Il y travaille durement, mais il trouve le temps de se passionner pour la littérature. Il dévore les classiques et se met à écrire, d'abord en français, puis en Rouchi (dialecte de cette région houillère du Borinage, entre Nord et Belgique dont font partie Valenciennes et Denain) sur les judicieux conseils de l'artiste André Jurénil. Très vite, son style et sa langue quotidienne lui valent renommée et reconnaissance.

A travers " Fleurs d'en bas", " Les fougères noires", "Autour des terrils", "Les boches au pays noir", "Coups de pic et coups de plume", "Eclats de gaillettes", et de leurs personnages (L'Zeph Cafougnette, Batisse Boudenne, Mémère Laîte), il va nous conter avec émotion, tendresse et gaîté, la vie du mineur, la guerre, ces gens habitués au noir mais qui aiment tant la couleur du ciel, avec une discrète simplicité.

En un demi-siècle, Jules Mousseron a publié 12 recueils, soit plus de 360 poèmes, chansons et monologues, vendus à 100 000 exemplaires, chiffre impressionnant pour l'époque, et a connu la postérité avec son personnage fétiche : Zeph Cafougnette. Mineur, perpétuel étonné, grande gueule, vantard comme il se doit, et "ninoche" (innocent), mais fort de son bon sens, culbutant la certitude des nantis, fait son apparition lors des premières allocutions publiques de Mousseron.

Au cours des banquets, des réunions commémoratives, des fêtes d'associations, kermesses, défilés des harmonies, partout on demande Jules Mousseron et sa réputation l'amène à se produire de plus en plus loin, remplissant salles de galas, théâtres ou places publiques. Le début de la gloire qui l'amènera jusqu'à l'Opéra Comique à Paris! Mais rien n'affole le tenace travailleur, fidèle à ses sources d'inspiration : la mine, les estaminets et leurs personnages, les corons, ses enfants, sa joie d'écrire et de discourir parmi les siens.

Jules Mousseron laissera derrière lui deux images : celle du "carbonnier" avec sa barette et sa lampe, au fond "del fosse Renard" et celle du poète patoisant, maniant la plume avec sincérité et sensibilité, louant le courage et l'honneur d'une profession décimée.

Empreint d'amour, la poésie de Mousseron est avant tout un regard positif et tolérant sur la vie du mineur. Certains lui reprocheront pourtant son manque d'engagement politique. Mousseron aime la mine malgré - ou à cause - de ses tragédies. Il ne quittera jamais ses camarades qui l'aduleront comme un "apôtre". Parmi eux, à travers ses spectacles, il a cherché à soulager la misère morale et matérielle par la poésie. L'extinction des dernières mines doivent-elles faire oublier ce passé ? Peut-on sérieusement imaginer tirer un trait sur cette infiniment riche mémoire

CAFOUGNETTE. 1

d'après Jules Mousseron

Scénario : Frédérick MASLANKA

Dessins : Rémy MABESOONE

Couleurs : François HEJRU

imbroglio

Remerciements à

mes parents, Tiphaine & sa famille, Melvyl, Eglantier, Malice, Rémy, Rudy Turkovics sans qui je n'aurais jamais rencontré Rémy. Laurent Hennebelle grâce à qui cet album a vu le jour et sa famille, les Blaireaux et leurs Pom Pom Pom Frites, Jacques Bonnaffé, la moustache de José Bové, les nains de jardin, le demi-pression, Pierrot, Edith, Franck et Sophie du "Bonhomme", la crêperie " Les Airelles" où j'ai écrit ces histoires et tous les gins dé ch' Nord/Pas d' Calais.

F. Maslanka

à Jules Mousseron...

Album édité par IMBROGLIO - 374 rue Guy Mocquet - 59120 Loos - France.

Dépôt Légal : Octobre 2005
ISBN : 2-914966-16-4
2ème édition

L' patois

J'ai fort quièr el français, ch'est l'pu joli langache,
Comm' j'aime el biau vêt'mint qué j'mets dins les honneurs.
Mais j'préfèr' min patois, musiqu' dé m' premier âche.
Qui, chaqu' jour, fait canter chu qu'a busié min coeur.
Dins l' peine, un mot patois nous consol davantache,
Dins l' joie, à l' bonne franquette, i corse el bonne humeur.
Il est l' pus bell' rinscontre au cours d'un long voïache,
L' pus douch' plaint' du soldat au mitan des horreurs.
L' patois s'apprind tout seul, et l' français, à l'école.
L'un vient in liberté, l'autr' s'instass' comme un rôle.
Les deux sont bons, bin sûr, mais not' patois pourtant,
Rappell' mieux les souv'nirs d'eun' jeunesse effacée.
L' patois, ch'est l' fleur sauvach' pus qu'eune autr' parfeumée...
Ch'est l' douche appel du soir d'eun' mère à ses enfants.

Jules Mousseron

Qu'est ce que le " CHTI"

Le mot "chti" ou " chtimi", a été inventé durant la Première Guerre Mondiale par des " poilus" qui n'étaient pas de la région, et qui désignaient ainsi leurs camarades nordistes, à partir de quelques mots de leur parler : " Ch'est ti, ch'est mi" (c'est toi, c'est moi!). Ce mot, dès sa création, était ironique : les gars du Nord étaient mal dégrossis, lourds, et baragouinaient un patois sans grâce... L'expression serait la résultante du mot "chti", forme de l'ancien démonstratif picard " chesti" et de "imi" signifiant "toi et moi".

Le Picard est une langue parlée dans les Régions Nord - Pas - de - Calais (sauf l'arrondissement de Dunkerque, de langue flamande)et Picardie (moins la frange sud), et en Belgique dans la Province du Hainaut jusqu'à La Louvière. Dans le Nord - Pas de Calais il est souvent appelé improprement " Patois de Nord" ou " Ch'timi" et " Rouchi" dans la région de Valenciennes. Le Ch'ti, c'est quasiment du picard, c'est une sorte de patois de la langue picarde. D'une ville à l'autre, des différences de prononciation existent et des mots sont totalement différents. Dans la région de Valenciennes, on parle le Rouchi qui est le patois utilisé par Jules Mousseron.
Le mot "Rouchi" est sans doute né d'une confusion, de la mauvaise lecture d'une lettre où l'on parlait du patois de " Drouchi", c'est à dire " d'ici".

CAFOUGNETTE

En 1899, Cafougnette apparaît pour la première fois dans un monologue intitulé " Cafougnette à Paris ". Dès lors, il deviendra le héros d'une soixantaine d'histoires savoureuses après un petit détour comme personnage récurrent dans la revue humoristique "Le Galibot" parue à Denain de juillet 1900 au printemps 1902, toujours sous la plume de Mousseron qui en était le rédacteur en chef. Plus d'un siècle a passé, et il vit toujours.

D'où vient le nom ? Est-ce une pure invention issue de l'imagination fertile de Jules Mousseron d'un mot qui chantait bien ? Vient-il de cafouillage qui désignait dans le vocabulaire minier du Nord une mauvaise veine de charbon ? Une personne inorganisée se disait également cafouillette dans la région de Denain. Certains affirment que Cafougnette aurait été importé par des mineurs piémontais venus au début du XIXe siècle et serait la version française de cafoni qui désigne un paysan rustaud et dont le propos est une cafognetta. Peut-être s'agit-il un peu de tout ça, de cette sonorité amusante et de l'image qu'il renvoie ! Quoi qu'il en soit, si l'on peut gloser des heures sur l'origine du nom, il n'en reste pas moins la création originale de Jules Mousseron. Le personnage n'apparaît dans aucun écrit antérieur à l'œuvre elle-même de l'auteur.

Pierre Denis, le petit-fils de Jules Mousseron, se souvient d'ailleurs de discussions avec le poète à propos de la création de Cafougnette : " Les histoires que racontait alors mon grand-père étaient inspirées de mésaventures arrivées à des amis. Pour ne pas les mettre dans l'embarras et leur éviter de fâcheuses moqueries, il remplaçait tout simplement leur nom par celui de Cafougnette ! " C'est ainsi que tous les problèmes du monde s'abattirent sur ce pauvre diable de Cafougnette. Et grâce à ça, cet anti-héros s'est imposé aux yeux de tous car on a reconnu en lui l'homme rencontré au marché, à l'estaminet, à la ducasse ou au coin du pignon.

Cafougnette ne survit pas qu'au travers de ces bonnes histoires. Les Denaisiens l'ont matérialisé dans les années 50 en Géant. Chaque lundi de Pâques, sous le soleil, la pluie ou dans le froid, il mène le carnaval dont il est le roi et réchauffe le cœur des spectateurs.

Nom : Zeph' Cafougnette
Age : 45 ans
Situation famiale : Re-marié à Véronique
Profession : Mineur

Caractère :
Vantard et gaffeur, Cafougnette est resté un éternel enfant. Il est capricieux, tire-au-flanc, a toujours réponse à tout et pense avant tout à lui.
Si Cafougnette est sûr de lui, il n'en reste pas moins un peureux invétéré.

Précisions biographiques :
Né un premier janvier, il est descendu à la mine à l'âge de douze ans et un jour.
Il a noué une amitié indéfectible avec Batisse Boudenne.
Il est parfois accompagné par son gendre, Polyte. Il se passionne pour la colombophilie et pour les pommes de terre.

ADELE

COQUETTE
REVEUSE
AMOUREUSE

Nom : Adèle Cafougnette
Age : 20 ans
Situation familiale : Fiancée
Profession : enfant au foyer
Signe particulier : néant total

Caractère :
Adèle est une éternelle rêveuse. Elle est naïve et très fleur bleue. Coquette, elle se trouve jolie dans ses robes toujours tirées à quatre épingles. Elle a une fâcheuse tendance à pleurer pour un rien. Mais Véronique, sa mère, est toujours là pour la consoler.
Précisions biographiques :
Adèle aurait bien voulu avoir une soeur à qui tout raconter. Sa condition de fille unique en a fait une enfant trop couvée. Elle fréquente Polyte, son fiancé, depuis deux ans.

POLYTE

OEILLERES
DANDY
NARCISSIQUE

Nom : Polyte
Age : 24 ans
Situation familiale : Fiancé
Profession : mineur
Signe particulier : fine moustache

Caractère :
Polyte est à cheval sur les principes, d'un caractère droit et assuré. Il aime être bien habillé et est un tantinet dandy. Il tient d'ailleurs souvent sa casquette à la main pour ne pas être décoiffé.
Précisions biographiques :
Il travaille avec Zeph' Cafougnette et Batisse Boudenne au fond de la mine. Il voudrait néanmoins changer de vie et rêve de partir faire fortune aux Amériques. Fiancé à Adèle, il compte se marier prochainement avec elle.

BATISSE BOUDENNE

JOVIAL

PEUREUX

REBOUTEUX

Nom : Batisse Boudenne
Age : 45 ans
Situation familiale : célibataire
Profession : mineur
Signe particulier : énorme

Caractère :
Batisse Boudenne est ce qu'on appelle un bon vivant. Sa jovialité est certainement due à ses rondeurs qu'il se plaît à entretenir. Il est un véritable puits de science. Très versé dans la phytothérapie, il connait les remèdes à tous les maux.
Précisions biographiques :
Il connait Cafougnette depuis sa tendre enfance. C'est d'ailleurs son meilleur ami. Ils ont fait les 400 "clowns" ensemble et continuent encore et toujours leurs bêtises pour notre plus grand bohneur.

VERONIQUE

AUTORITAIRE

ACARIATRE

ENERGIQUE

Nom : Véronique Cafougnette
Age : 38 ans
Situation familiale : Mariée
Profession : Serveuse dans l'estaminet favori de Cafougnettte
Signe particulier : a toujours son rouleau de patisserie à portée de main.

Caractère :
Véronique est une femme forte et autoritaire. D'ailleurs, c'est elle qui porte la culotte dans son ménage. Elle est coquette et énergique. Elle est très aimante envers Adèle, sa fille, à qui elle pardonne tout. Cela est moins vrai envers Zeph' Cafougnette qu'elle essaye tant bien que mal de mettre sur le droit chemin.
Précisions biographiques :
Deuxième femme de Cafougnette, elle regarde d'un mauvais œil les fréquentations de son mari et en particulier Batisse Boudenne qu'elle accuse d'avoir une mauvaise influence sur lui.

L' DÉCLARACION DÈS DREÛTS D' L'OME

LA DÉCLARATION DES DROITS DE L'HOMME

Considérant qui l'rèspèt dèl dignité, qu'apartint sorlon l'nateûre a tos lès-omes so l' tére, èt d' leûs dreûts égals, qu'on n' sareût 'lzî mèskeûre, c'èst l' fondemint dèl lîberté, dèl djustice èt dèl paye è monde ètîr,

Prumî artike
Tos lès-omes vinèt a monde lîbes èt égals po çou qu'èst d' leû dignité èt d'leûs dreûts. Leû re zon èt leû consyince elzî fe t on d'vwér di s'kidûre inte di zèle come dès frès.

Art II...
Chaskeun' pout prétinde a tos lès dreûts èt a totes lès lîbèrtés qui sont chal prôclamés, sins qu'on prinse astème, par ègzimpe, a s' race, a s' coleûr, a s' nateûre d'ome ou d'feume, a s' lingadje, a sès crwèyinces, a sès-îdèyes so l' politique ou so tot l'minme cwè, al contre ye ou al famile di wice qu' i provint, a s' fôrtune, a s' lignèdje, brèf a cwè qui ç' seûye. E d' pus', nouk ni deût pati d' çou qu'on pout pinser dè gouvèrnèmint di s' patrèye, di si-administracion, di s' condicion rapôrt as-ôtes payis, qu'èle seûye souvèrinne ou soumîse d'ine manîre ou d' l'ôte.

Préambule
Considérant que la reconnaissance de la dignité inhérente à tous les membres de la famille humaine et de leurs droits égaux et inaliénables constitue le fondemment de la liberté, de la justice et de la paix dans le monde,

Article premier
Tous les êtres humains naissent libres et égaux en dignité et en droits. Il sont doués de raison et de conscience et doivent agir les uns envers les autres dans un esprit de fraternité.

Article 2
Chacun peut se prévaloir de tous les droits et de toutes les libertés proclamés dans la présente Déclaration, sans distinction aucune, notamment de race, de couleur, de sexe, de langue, de religion, d'opinion politique ou de toute autre opinion, d'origine nationale ou sociale, de fortune, de naissance ou de toute autre situation.
De plus, il ne sera fait aucune distinction fondée sur le statut politique, juridique ou international du pays ou du territoire dont une personne est ressortissante, que ce pays ou territoire soit indépendant, sous tutelle, non autonome ou soumis à une limitation quelconque de souveraineté.

AR'CETTE DES Z'OFLETTES À MÉMÉ

RECETTE DE MA GRAND-MÈRE DES GAUFRES SÈCHES DU NORD

Chu qui faut pour 20 dozaines d'Oflettes :
7 Œués
2 paquets d'cassonate (ou du chuque in poudr')
1 lif' ed' burre
1,5 litres ed' lait d' vaque
1,2 kg ed' farine blanque
1 pincée de sel

Dins eun' casserole :
Faire cauffer l' lait d' vaque. Y mettre à fondre el' burre et l' cassonate et l' pincée d' sel. Bin touiller pour bin mélinger. T'nir el mélinge chucré au caut.

Dins in grand saladier :
Mettre 4 œués intiers et 3 jaunes d' œués. Touiller. Y ajouter eun' louche ed' mélinge chucré et autant d' farine in touillant. Continuer à ajouter l' mélinge chucré et l' farine jusqu'à temps qui n' da pus. Et surtout, bin touiller pou n' pas fair' ed' maclottes. (Y faut toudis touiller pou avoir ed' bonnes z'oflettes.)

Mettre el' pâte à s'arposer eun' nuit au frais. Attintion aux gueulards qui touquent leurs dogts dins l' pâte pou l' goûter !

L' jour d'après :
Faire cauffer l' moule à z' Oflettes. Ch'étot un moule avec des tiot p'tits tros. L' graisser avec un tiot peu d' burre et prind' el' pâte avec un touillot à café. A l' sortie du moule à z' Oflettes mettre, à arfroidir sur eun' serviette ou eun' grille.

L' conseil ed' Cafougnette :
Mi, j' trouve que ché meilleu avec tout cassonate (d'la brune !) et i n' da qui mettent du rhum dins l' mélinge chucré.

Ingrédients :pour 20 douzaine de gaufres environ.
7 œufs
2 paquets de vergeoise (ou de sucre en poudre ou 50/50)
1 livre de beurre
1,5 litres de lait
1,2 kg de farine
1 pincée de sel

Dans une casserole :
Faire chauffer le lait. Y faire fondre le beurre ainsi que la vergeoise. Y ajouter la pincée de sel.
Bien mélanger.
Sitôt le mélange homogène, maintenir au chaud.

Dans un grand saladier :
Mettre 4 œufs entiers et 3 jaunes d' œufs. Bien battre.
Incorporer petit à petit à la louche le mélange lait-sucre-beurre et la farine.
La pâte doit être onctueuse, épaisse et sans grumeaux.
Laisser reposer une nuit au réfrigérateur ou dans un endroit frais.
Attention aux gourmands !

Le lendemain :
Chauffer un gaufrier à petit trous. Graisser les 2 faces avec un peu de beurre.
Utiliser une cuillère à café pour doser la pâte.
Faire les gaufres.
A la sortie du gaufrier, mettre les gaufres à refroidir sur une serviette ou une grille.
Nota :
On peut rajouter un petit verre de rhum dans le mélange lait-sucre-beurre.

MOQUEU' D'GINS !

I VOIT DES KIPPERS DINS LES RIDIAUS !

QUE GRINDE BABELE QU'I A CH'TI - Là !

TIN CAFE CH' EST DE L'CHIRLOUTE OU DU GRIMPE A L'ARBE ?

UN GRIND DEPINDU D'ANDOULES !

LES COMARATES !

FERME T' BOUKE, T' IN NEZ I VA KER ED-DINS !

SAQUE ET' KU QUE J' METTE EUL MIEN !

CH' TI QUI VA ALL' DUCASSE I PERD ES PLACHE !

L'INTERR'MINT DE L' FEMME À CAFOUGNETTE

EUNE : UNE.

INTERR'MINT : ENTERREMENT.

CANTER : CHANTER

BON CAFOUGNETTE

RETIAU : RÂTEAU.

RETLER : RACLER.

PEUN-TIERRE : POMMES DE TERRE.

LA LUTTE DES CLASSES

BUQUER : TONNER.
LIEU : LEUR.

PAUV' CAFOUGNETTE

CHEUX : CEUX.
CONNO'NT : CONNAISSENT.

VEUT'NT : VEULENT.

IN QU'MIN D'FIER

FEUMIÈRE : FUMÉE.

CAFOUGNETTE IN AÉROPLANE

MUCHER : CACHER.

CRAMPONN' TE COMM' TE PEUX ! J' VAS NOUS MUCHER, I PLEUT !
?!!?
... OH - IOU
... OH-IOUU UUU !!!

CUTOURNIAUX : PIROUETTES.
T'ES TRANN' : TU TREMBLES.
TOURNICH' : VERTIGE.

FUNQUER : FUMER.
PRONE : PRUNE.
MARRONNE : PANTALON.

CHICORÉE
Mémère Laïte
Poids net. 200gr
Au bon jus d' chicon pressé à pieds décaus !
fournisseur officiel de Cafougnette depuis 1896.

SCÈNE D' MARCHÉ

POURETTE : POUDRE.
MARISSIAUX : CAFARDS.

SOLANTE : TURBULENTE.
J' L'ÉCRAVINTROS : JE L'ÉVENTRERAIS.

UN MARIAGE SERIEUX

AMICLOTER : AMADOUER.
BON SINS : BON SENS.
RASSAQUER : RETIRER.

COTE : CODE.
ERTENIR : RETENIR.
ALL' VA COR : ELLE VA ENCORE.

SAVON
SAINLICHE
POU' N' D'AVOIR
EL PIAU
QUI GLICHE !
POP
POP

CAFOUGNETTE GARDE-CHAMPÊTRE

S'ARNOUVELER : SE CHANGER.
PRONES : PRÛNES.
BERTELLE : BRETELLE.

L' MAÎTRE DE L' MAISON

PATIAU : DÉSORDRE.

VIENS ICHI, CANAILLE !
OH - IOU ! OH - IOU !
VEUX-TU SORTIR, FAINEANT, RIEN-QUI-VAILLE ?
POU TI M'TAPER, BE NON NON, J'SUS CHI BIN !
NAN, J'REST' D'ZOUS L'LIT, POUR MI T'FAIR' VIR QUE J'SUS L'MAITR' DINS M'MAISON !

VIEILLE HISTOIRE D' DUCASSE

BERGNOULLE : BABIOLE.
PRONE : COUP.

CHBAFF : BAFE.

ESQUEUTTE : SECOUE.

BANQUETER : ÊTRE SECOUÉ DANS UN MAUVAIS CHEMIN.

I VAUT MIEUX S' TAIRE

BERTONNER : BOUGONNER.
REKEÏR : RETOMBER.

À-S' BOUQUE COMME UN ROUX CAT : GOURMANDE COMME UN CHAT ROUX.
CH' BEURP : BEURP.

DÉCOUVERTE D'EUNE MINE ED CARBON

TIOT : PETIT.
REDÉQUINDRE : REDESCENDRE.

GAILLETTE : MORCEAU DE CHARBON.

L'TERRAIN D'VIENT DUR.
J' SAIS M' METIER.
IN APPROCHE D'UN FILON D' CARBON !
HU', POU DU MONDE !
V'LÀ DU CARBON !
V'LÀ DE LA HOUILL' NOIRE !
ME V'LÀ MINEUR À MIN TOUR !
IN DIROT COLOMB TROUVANT L'AMÉRIQUE !
BIEN SÛR QUE J' ME SOUVIENS DE L'ANCIENNE FOSSE !

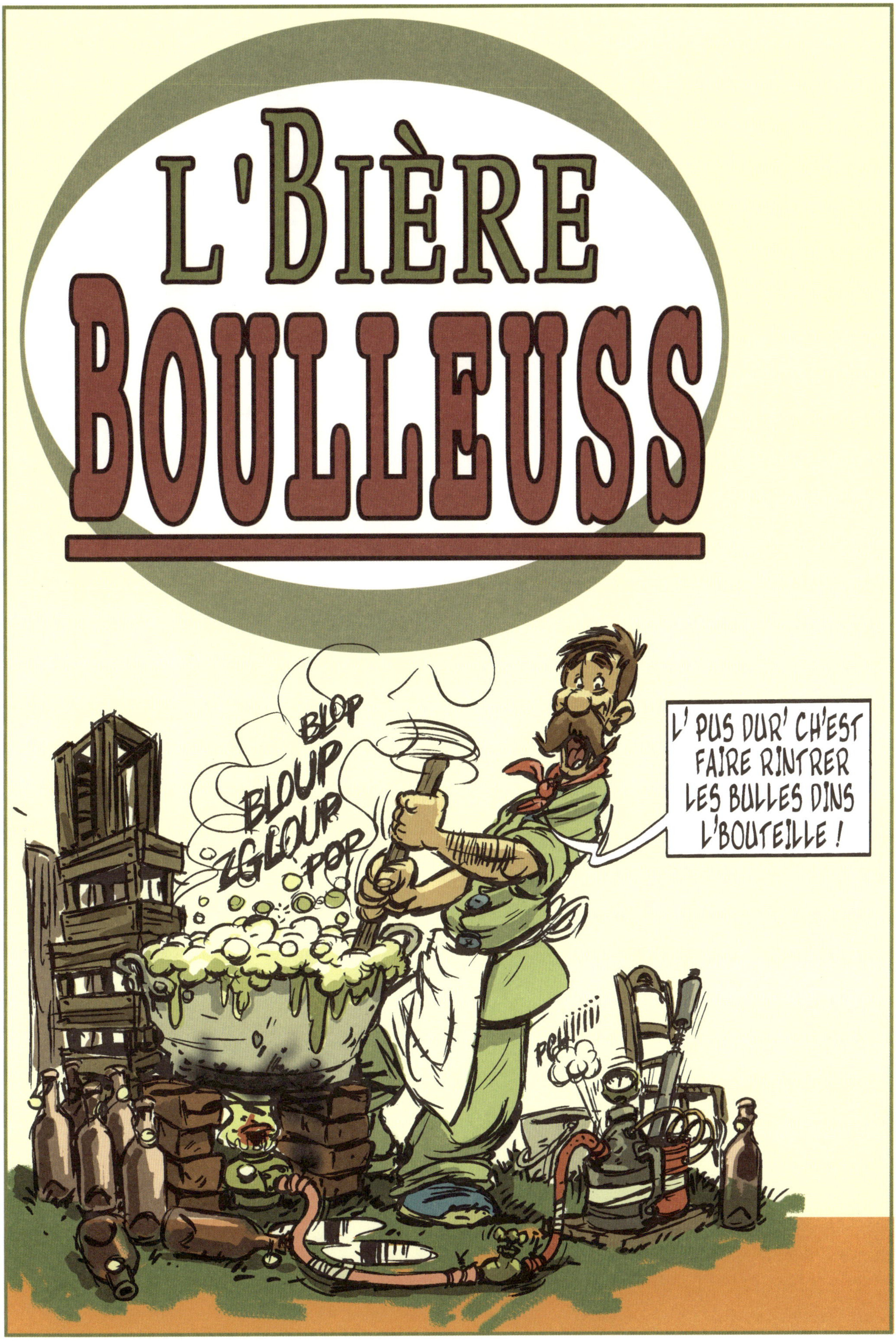
L'BIÈRE
BOULLEUSS
BLOP
BLOUP
ZGLOUP
POP
L' PUS DUR' CH'EST FAIRE RINTRER LES BULLES DINS L'BOUTEILLE !

D'MAIN, EUN SPECTACL'
"EXTRAORDINAIRE"
À
DENAIN
GRIND COMBAT INTRE
2 OURS FÉROCES!
T'AS VU CHA TI ? DEUX OURS A VONT ES' BATTR' ! CHA, CH'EST COMPLET !
ICHI
ESTAMINET
J' VOULOS BIN VIR' CHEULL' LUTTE ATROCE.
AH WUI ! D'AVANCHE, J'IN N' D' AVOS L' CHAIR' ED POUL' !
BUK
BUK
BUK
WUI ?

VOUS M' PERDEZ : VOUS ME PRENEZ.
PAU GARD'-CHAMPÊTE : PAR LE GARDE-CHAMPÊTRE.

VOILÀ CAFOUGNETTE, J' VOUDROS QUE VOUS RIMPLACHEZ M' N-OURS.
J'ACCEPTE ED' FAIR' L'OURS, MAIS AVANT, I FAUT QU'IN M'EXPLIQU' MIN RÔLE.
N'AYEZ CRAINT', MIN BON ZEPH. J' RÉPONDS D' VOUS CONTR' VOTRE ADVERSAIRE.
CH' N'EST POINT SANS DANGER DE S' BATTR' CONTRE UN OURS VERITAPE.
I POURROT BIN M' DESIVORER... APRÈS TOUT, JE N' SUS QU'UN PAUV' DIAPE.
J' VOUS HABILL'RAI IN OURS, D'AILLEURS, SI BIN QU' L'AUT' VOUS PRINDRA POU S' FRÈRE.
EL LIND'MAIN ...

MESDAMES ET MESSIEURS, VOUS ALLOZ VIR' UN COMBAT EXTRAORDINAIRE INTRE DEUX OURS FÉROCES. UN SEUL REST'RA SU' L' TAPIS. J' VOUS SOUHAIT' UN BON AMUSEMINT, ET QUE L' SPECTACLE COMMINCHE !
AAARGHH!
CHON!!

ASSEZ ! ASSEZ ! I EST MORT ! I EST MORT !
POU' L' BIEN DU COMBAT, LES DEUX OURS S'ARPOS'RONT DEUX MINUTES.
C' COP CHI, FAUT QUE J' DÉCAMPE !
I EST TROP TARD. JE N' SAROS PU...
TE DE D'NAIN AUSSI COMARATE ?